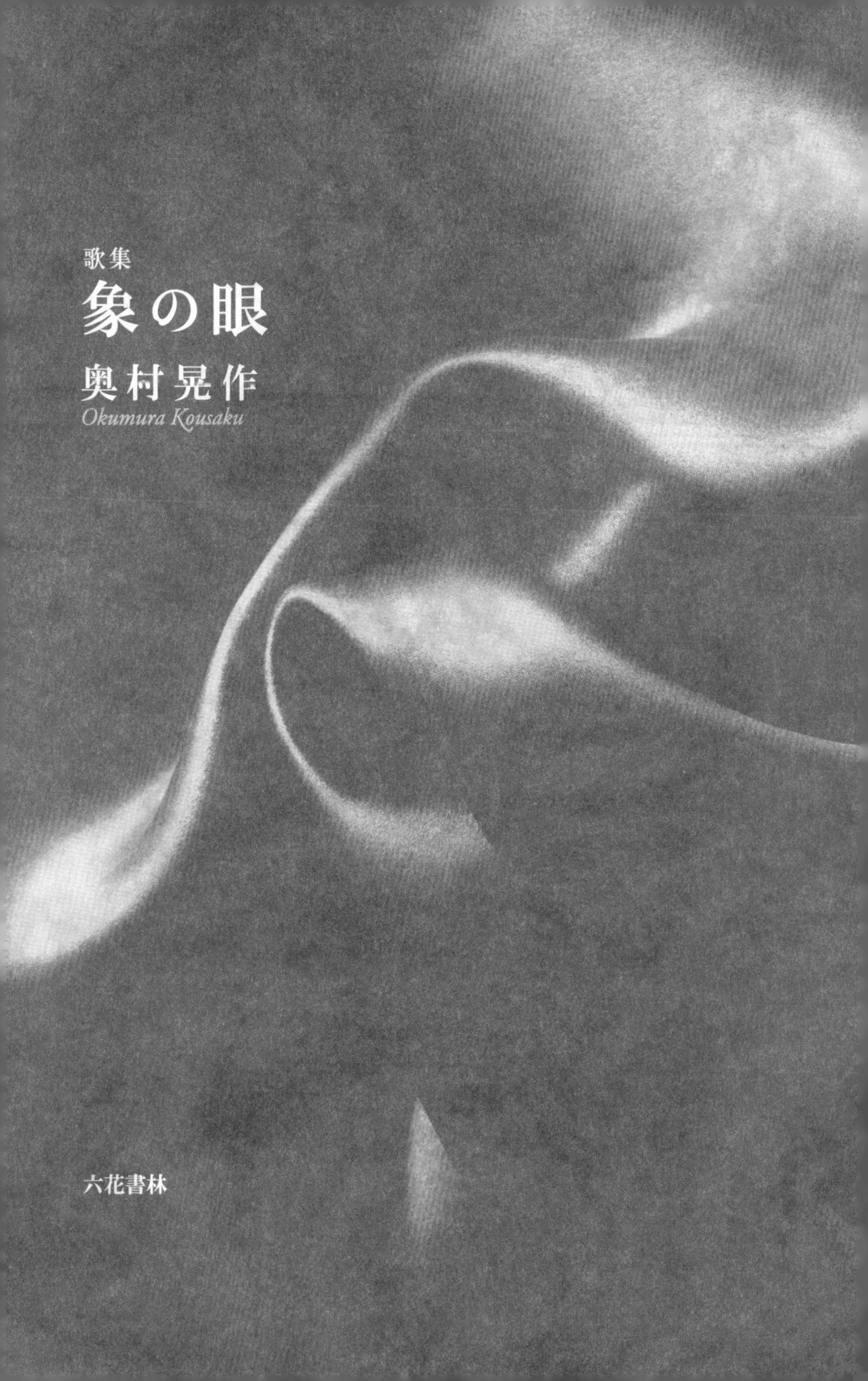

歌集

象の眼

奥村晃作

Okumura Kousaku

六花書林

象の眼　＊　目次

Ⅰ　二〇一九年〈後半〉七月～十二月

Ⅱ　二〇二〇年〈前半〉一月～六月

Ⅲ　二〇二〇年〈後半〉七月〜十二月

Ⅳ　二〇二一年〈前半〉一月〜六月

V 二〇二一年〈後半〉七月〜十二月

VI 二〇二一年〈前半〉一月〜三月

装幀　真田幸治

象の眼

I

二〇一九年七月～十二月

五十三首

氷の粒

とつぜんに天から落ち来て路面打つ氷の粒を軒下に見つ

拳《こぶし》大の氷《ひ》の塊《かい》もあり降り止みて積もる霰を路面に調ぶ

雷鳴は聞かず雷雲あまり見ぬ今年の東京の夏とぞ気付く

玄関から共に入《はい》りし蚊が我の耳を刺したり眠ってる我の

トンネルの出口

トンネルの出口が遥か前方に明るく見える直線の道
両岸は緑の草に覆われて流れ行く水をバスに見下ろす
山脈《やまなみ》は緑一色その上にすっぽりかかる灰色の雲

ゴーヤが裂けて

みずからを垂直に下げ緑濃きゴーヤが緑の葉陰にし見ゆ

地《ち》に三つ赤き実の落つ見上ぐるに葉群《はむら》に黄なるゴーヤが裂けて

注射嫌いのわれ

町医者の紹介状持ち病院へ右上腕《みぎじょうわん》の痛み退かざれば

「五十肩、奥村さんなら九十肩《くじゅうかた》」レ写真示し医師は宣《のたま》う

貼り薬、飲み薬貰い油さす注射は拒む注射嫌いのわれ

バイアスピリン

肺炎を患いてより二カ月経ち漸くわが身復すを得たり

そう言えば咳しなくなったと妻が言う肺炎の予後は咳くものらしい

誤嚥性肺炎に逝く老い多く肺炎球菌にわれは侵された

本態性血小板血症病む身にてバイアスピリンを飲んでおります

十代の活躍

仲邑菫初段のブロマイド二通りどちらも完売とその見本置く

十代の活躍嬉し伊藤美誠《いとうみま》、藤井聡太また仲邑菫

韻文の王、北原白秋

俊子とるか両親とるか逡巡の白秋は俊子を追い払いけり

小田原に住まいし或る日突然に白秋・章子《あやこ》離別せりけり

俊子また章子と別れ三人目《みたりめ》のキクのち菊子と添い遂げにけり

薄明の白秋己が境涯を自在に詠みて『黒檜』を遺す

初期は詩で中期童謡、晩年は短歌に賭けし〈詩人〉白秋

牧水また啄木は短歌で名をのこし白秋は韻文のすべてに渡りき

白秋は「多磨」興し定型墨守説き短歌の危機を救い給えり

苦心の造語

『ふゆくさ』を一読したが文明の 私《わたくし》 像がわれには見えぬ

文明の『ふゆくさ』フォルム守らんと苦心の造語表現あまた

時事詠で茂吉歌《か》おおむね破調なれど文明の字余り歌《か》は破調にあらず

大乗寺襖絵展

滝水の内《なか》垂直に登り行く大き真鯉を応挙は描《か》けり

孔雀と松克明に描く襖絵を大乗寺に収め応挙は没す

転倒

転倒しアゴ打ち血の出止まらずに五針《いつはり》縫いき救急の部屋

アゴ五針縫って十日は経つけれどいまだ抜糸は出来そうにない

本気心—在京飯田高校同窓会誌「稲穂《とうすい》」十六号を読みて

女子なれどプロボクサーの道進む本気心《ほんきごころ》を会誌に読みぬ

女子なれどラグビー選手、ラグビーの道突き進む後輩と知る

くれない一木

特有の強き香放つギンナンが密集しおり拾う人は無く

下半分まだらに残る銀杏《いちょう》の木上半分にモミジ葉あらず

イチョウはや散りたる苑《その》にカエルデのくれない一木《ひとき》燃え立つごとし

楓《カエルデ》　の葉は全て赤くモミジして満天星《ドウダンツツジ》も全く同じ

かいぼり

水抜かれ底泥干され池に棲むものら器《うつわ》に類別されて

外来の種は殺されて和のフナや和のエビとかは池に戻さる

繰り返しかいぼりなせし井の頭の池になるほどカイツブリ増え

ミュシャの絵

シャガールの人等は宙《そら》を飛んでるがミュシャ描《か》く女性花に包まれ

実在の愛する女性ねんごろに描《えが》きしミュシャの絵版画の如し

女優描くミュシャのポスター売れ売れて女優専属絵師の期ありき

晩年にミュシャが描きし巨大なる〈スラブ叙事詩〉とあまりに違う

秩父・長瀞

荒川の上流と知る長瀞の景観は石が水が作れり

シベリアから渡り来ていま荒川の淵にし泳ぐ二羽の真鴨が

カルガモに交じりて泳ぐ真鴨二羽頭が緑《あお》く識別できる

十分余かけて焼かれし塩焼きの鮎ほぐし食う頭は残し

師走の庭

寒気団上空に居て一日中摂氏五度なり部屋ごもり読む

自転車もろとも飛ばされそうな強風が折々に吹く道を漕ぎ行く

枝や葉が時には幹も切り取られ忽ち進む剪定作業

剪定を終えたる木々が十四、五本涼し気に立つ師走の庭に

Ⅱ 二〇二〇年一月〜六月

八十七首

何伝えしやわがお話は

大寒の前日なのに雪の無い浦佐の街に降り立ちにけり

歳《とし》相応に古びて渋い木造の「宮柊二記念館」をカメラに収む

作りたる多岐の資料をこなせずに何伝えしやわがお話は

「戦争は悪だ」と叫びし柊二師の歌読み解きて講演を閉ず

宮柊二・英子師魚沼の空に降り聴き賜いしやわが講演を

日中戦争と宮柊二の戦闘参加

団長を二回務めき『山西省』〈柊二の旅〉に三度参加し

北平《ペイピン》落ち南京三漢落ちたれど重慶は落ちず落とし得ざりき

伸びきったゴムみたいだね七十万の日本兵中国に釘付けされて

殺・奪・焼の限りを尽くす作戦を剿共《そうきょう》作戦と書物は記す

わが軍の剿共作戦を敵側は三光作戦と名付けせりけり

共産軍の殲滅戦《せんめつせん》に対抗し三光作戦を軍は実行す

柊二らが戦いし敵は中共の朱徳指揮下の八路軍なりき

包囲され隊全員が殺されたいくさも数多《あまた》「山西省」で

シベリア飛来の鴨たち

東京の空が怖いか渡りくるシベリアの鴨の数激減す

都区内の池見歩くにその数の減らず見られるキンクロハジロ

赤く固き平の石を踏みしめて芝離宮庭園の池のべ歩く

百羽ほどのキンクロハジロのオス、メスが泛べり夕陽斜めに射して

蠟梅の花は終わって枝ばかり隣る白梅の香りが嬉し

大相撲初場所

大関は落ちたれどめげずに相撲取る琴奨菊のガブリ相撲良し

千秋楽結び相撲で幕尻の徳勝龍勝ち初優勝す

狂言「棒縛」又「蛸」吐墨

両腕を棒に縛られ酒三昧八十八翁の万作踊る

後ろ手に縛られし次郎もくくくと酒飲み太郎に負けじと踊る

大蛸の霊を演ずる萬斎の工夫の吐墨の場面お見事

要するに山場なんだな萬斎の演ずる蛸の墨噴く場面

『印象派物理学入門』

『印象派物理学入門』読み継げり難解なれど子の本なれば

数式は斜め読みして面白く読ます箇所のみ拾い読みす我は

ドゥジェンヌ継ぐ物理の道を「印象派物理学」とぞ子は名付けせり

文系の我には理系の物理なぞ分からぬことが分かってわびし

萩原慎一郎君に捧ぐ

我が歌を書写せるノート我に賜び行ってしまった萩原慎一郎

『三齢幼虫』『鬱と空』各三十枚の論書きくれぬ萩原君が

約束の『鴇色の足』の歌集評届かず再び君去り行きぬ

板橋歌話会・東武池袋教室の人等は萩原君を見知っています

萩原君が作ってくれたメール歌会今も月一の歌会は続く

イジメられイジメル友を明かすなく謗《そし》るなく彼は歌いたりけり

エラカッタ萩原慎一郎はエラカッタ〈イジメの事実〉は歌わなかった

イジメのこと抽象的に歌いしのみ〈傷付ける事〉極度に恐れ

我を師と呼びくれし弟子の一号は萩原慎一郎か今井聡か

自転車の鍵

坐りたるベンチの下の草むらを分け探せども鍵見つからず

バードサンクチュアリの座椅子のあたり探せども失せし自転車の鍵見つからず

ホチキスにクリップ・エンピツ・ボールペン需要必ずあるね文具は

コンビニでラーメン買ってチンをして熱きを啜るコンビニの席で

コンビニで食事のあとのしばらくを本読む席は二十ほどある

大相撲春場所

新型コロナウイルス怖れ大相撲春場所はああ無観客の場所

お客様一人も見てない土俵にて番狂わせはなく初日終う

炎鵬は宙に飛び上がり降りて来て梃子の原理で相手転がす

春場所の千秋楽の結びにて白鵬優勝す鶴竜を倒し

雨中を歩く

満開の白梅の枝引き寄せて梅の良き香を確かむわれは

雨あとの梅の樹下《こした》の地面には白き花びら数多《あまた》張り付く

南天の葉に形似て色赤きオタフクナンテンは観葉植物

白花のノースポールは夜のあいだ寝ているらしい白花を閉じ

犬用の合羽が大き犬の身を包《くる》みて犬も雨中を歩く

幼子の声

道を行く幼子声を上げて言う「サクラはみんなミチにシンデル」

枝に付く花は生きてて道に散る花びらはそうか死んでいるのか

パンジーも花期長き花冬から春同じ顔していつまでも咲く

石垣の隙間より立つ黄の色のタンポポ二輪を足止めて見つ

草刈りが済みたる跡の草に来て椋鳥忙しエサを啄む

コロナウイルス休校

カルチャーは突如電話で十日余のコロナウイルス休校を告ぐ

三月の予定あれこれ全部×《バツ》新型コロナウイルスゆえに

帰宅してマスクは捨てて手を洗うゴシゴシ洗う石鹼を付け

ドアノブや吊輪や手摺、蛇口などコロナウイルスはどこにでも付く

二十日間電車に乗らぬ事なんか無かったなこの五十年間

月二万超えを払いし電車賃この三カ月で千円未満

戦中の配給制度想い出すニューヨーク市の弁当配りに

武漢ではマージャン台は当局が次々叩き壊したと聞く

象の眼

熱湯に煮立てし蕎麦の湯を切って水そそぎ揉み皿に盛り分く

夕飯を終えてビデオを見んとしてうつらうつらすひと日の疲れ

自転車に付設の籠の弾けしを針金を巻き締める数か所

忙し過ぎ観れず過ぎたる映画をば毎日観てるテレビ録画で

グレタ・ガルボ演ずる「ニノチカ」恋愛は傍《はた》から見るとバカバカしいね

〈象の眼〉と妻が言いたり〈象の眼〉は疲れ切ったる時のわれの眼

前谷津川緑道

前谷津川《まえやつがわ》蓋されて遊歩道となり散歩楽しもどこまで続く

暗渠なる前谷津川の遊歩道全長五キロほどなるを知る

源流も河口も板橋区内にて前谷津川は板橋の川

高島平団地の央《なか》を蓋されて前谷津川は流れています

昔〈赤塚田んぼ〉でありし〈高島平団地〉を流れる前谷津川は

短歌教室再開

三カ月ぶりに電車で横浜へ短歌教室再開したり

「そごう」地階のエレベーター前人居らずわれ一人乗り運ばれてゆく

百日振りに教室に出てお互いに楽しかりしがわれ疲れたり

九十の身で教室に出席のご婦人は皆独り住まいす

今日もまた「そごう」地階のエレベーター三基の前に乗る人居らず

デパートの食品売り場で購《あがな》いし弁当下げて屋上に来つ

どこからか飛び来し雀 嘴《くちばし》で一粒の飯《いい》啄み食す

学士会囲碁会

囲碁会の公式戦が再開し家出る学士会館目指し

棋力差のあれば優位に打ち進め読み負けもせず一勝せりき

四月《よつき》振り石持つわれはまだ打てる感触を得つ二局を打って

肝心の一手を打って打ち損《そこ》ない折角の碁をオレは駄目にした

街中で電車の中で囲碁会で見た人みんなマスク付けてた

Ⅲ　二〇二〇年七月～十二月

一一五首

山椒の若木

山椒の葉を食い尽くし指ほどの青虫二匹枝にすがれり

山椒の葉を全て食い太りたる緑の虫に気付かざりしわれ

山椒の若木育つを楽しみに摘まざりし葉を全て食われつ

青虫やテントウムシをコロセナイわれに菜園造りは無理だ

分厚き著作

百年前のスペイン風邪の実態を詳細に記す分厚き著作

二十代がだんぜん多い死者の数スペイン風邪のグラフに見れば

一日に一千名の米兵がスペイン風邪に倒れたキャンプ

第二波は症状重く次々に死せりとスペイン風邪を記せり

岡井隆さん

岡井隆の歌も後記もありません「未来」七月号が届いて

死と排泄の歌載せていた岡井さん「未来」の四、五、六月号に

明晰な頭脳が詠みし「便座考」「死について」読む岡井隆の

最後まで「未来」の選者・発行人務めてあまたの弟子を育てき

岡井隆の筆頭弟子の加藤治郎絶えず進展せずには居れず

〈前衛の歌人〉貫き逝きにける岡井隆の孤心を想う

左から右の果てまで行き着きし岡井隆は巨きうたびと

評論の会に招かれ通いしが岡井氏とお喋りする事なかりき

会の前持参のパンを食べていた岡井さん机《き》に包みひろげて

人間が、歌が、生きざまが面白いうたびと岡井は死んでしまった

常に先頭を常に先端を走ってた前衛歌人岡井隆は

それはもう岡井隆の愛情か配慮か三人の名を秘したるは

結局は短歌に全てを尽くしたる岡井隆のひと世なりにき

常に短歌を中心中枢に据えたから岡井隆に遺る歌あまた

晩年の歌の上にもおのずから比喩効かす岡井短歌愉しも

お別れに来にしか長男の歌あまた歌い遺せり岡井隆は

広場の地面

コロナ禍で大道芸人来なくなり悲しみ居らん広場の地面

蟬はいつ鳴き出すものか八月の二日いまだに蟬声を聞かず

カマキリは全身黄緑三角の顔も黄緑わが膝に来た

一日中悩み苦しみ考えて何が悩みか突き止めました

公文書改竄

公文書改竄の全プロセスを大阪地裁は明らかにせよ

忖度し公文書改竄を強引に推し進めたる佐川氏憎い

公文書改竄の罪で自死したる赤木氏公判見守り行かん

被爆者の切実な問い「安倍ソーリあなたは何故に長崎に来た」

いいだZoom歌会

機械音痴のわれなるゆえに四苦八苦してますZoom習得すべく

マスクは不要交通費ゼロオンラインZoom歌会は化粧出来ます

飯田には行けなくなった我なれどZoom歌会で皆に会えるかも

登録の十九名の全員が Zoom 歌会の一首を寄せ来

歌会する部屋に皆さん集まれと招待メールをわが電送す

何故かくも長いのだろう青鮮やかに英数字並ぶＵＲＬは

コロナ禍の Zoom 歌会ではからずも飯田の歌人に再会したり

飯田・伊那・名古屋・板橋・八王子・杉並・松戸 Zoom 歌会ナウ

旨そうにタバコ吸ってる Zoom ゆえ自室で旨そうにタバコ吸ってる

月一の Zoom 歌会を立ち上げて家に居ながら歌会が出来た

間隔空けて坐り受講す

窓も戸も開け放ち皆マスクして間隔空けて坐り受講す

人数は少ないけれど全員が懸命で楽し短歌教室

久しぶりに新入会員迎えたり横浜教室皆マスク付け

九十分授業を終えて何回も倒れた我と思いつつ来ぬ

対ウイルスの備え尽くしてカルチャーの教室すべて再開したり

貸し室のシールド見事な出来なるもマスクしたまま歌評を尽くす

不具合

デジカメのＳＤカードの不具合で当分写真のアップ出来ない

ＳＤカード噛んで離さぬパソコンを宥め引き出す助っ人を待つ

「しんゆ」に決めた

〈ＧｏＴｏトラベル〉するか出来るかあれこれと調べて宿は「しんゆ」に決めた

「宿泊代三十五パーセントｏｆｆ」なりと電話の声はただちに応う

結局は大手をうるおすシステムか〈ＧｏＴｏトラベル〉に当たってみれば

病《やまい》持《も》ちの己れ思えば妻の意を入れて我等の旅程短縮す

コロナ恐れる妻の意入れてラッシュ避け新宿発の時刻遅らす

諏訪の湖《うみ》の岸辺を妻と歩み来て桜モミジの旬《しゅん》に遭いたり

「コスモス」の盛期

「コスモス」がピーク迎えたその時に学生われは入会せりき

月平均五十名超す新入の会員「通信コスモス」が載す

「アララギ」を超して「コスモス」が一番の結社となること柊二願いき

一九二〇年一月、田谷鋭が父喪ったスペイン風邪で

三歳で父別れせし田谷さんに父の写真なく覚えもないと

道に散るキンモクセイは雨に濡れ色の鮮やか木の花よりも

ジャコメッティの女人像

ジャコメッティの女人立像の図版求め図書館巡りす彼マイナーか

痩せぎすのジャコメッティの女人像現実に居るかもかかる女性は

太るのを恐れて厭う我等だがジャコメッティの女人像見たか

鳥毛立つ奈良の女《おみな》もルノアール描《えが》く女もふくよかなりき

ヒトの目と違う

いきなり熊と出くわした婦人「目が違う、ヒトの目と違う」と助かって言う

トランプが大声上げてバイデンを詰《なじ》る映像が頭《ず》にこびり付く

運転手の真後ろの席封鎖さるバス運転手に飛沫《ひまつ》来ないよう

御茶ノ水駿河台下角っこの蕎麦屋のコロナ閉店を知る

自社ビルは賃料要らず耐え得ても賃料高きお店どうする

湯河原の〈囲碁〉民宿の「杉の宿」余儀無くコロナ閉館と知る

ギンナンの実

身めぐりに己が黄の実を敷き詰めて祠の脇の公孫樹聳え立つ

カボスをば半分に切り焼き魚の青き背中に絞りて垂らす

昨年は壁面に向かい一〇〇球を投げていたなあ今は出来ない

道に敷くギンナン拾う人はなく踏みしだかるるギンナンの実は

枕べの時計が脈を打つ音に気付かず居りし事に気付けり

同調圧力

坐らずに扉《ドア》べに佇っている彼はマスクしてない昼の地下鉄

彼のぞく人皆口にマスクして座席に坐る昼の地下鉄

マスクせず平気で走り行く人に心さわ立つ公園の道

「マスクせよ」「マスクしなさい」その声を同調圧力とわれは思わぬ

技巧的表し方

古今集恋歌はそのほとんどが成り代わり詠む歌でありにし

直球しか投げられぬわれ変化球楽しみに作る人多き世に

技巧的表し方が好きでない真っすぐに詠むオクムラ短歌

歌も下手指導も下手の我なれどこの一筋の歌への想い

三匹の子猫

ミューミューと泣いて危険を知らせるかモルモットほどの子猫三匹

親はどこに行ったのだろう三匹の子猫終日路地におりたり

容れられぬ世に生まれ来しお前たちやさしい人に出会っておくれ

三匹の野良の子猫を抱きかかえ行きにし婦人を見たとぞ聞きぬ

猫や犬に代わりて募金呼びかける人らも駅頭に立たなくなりぬ

秋山和子さんを悼む

常に良き人柄にして常に良き歌詠みて恃みいたりしものを

市川教室の世話係長く務めしがガン発病で替わり給いし

「体幹もしっかりして来た」と喜びし秋山さんいきなりガンで召された

歌集出し歌は自在の域に来し秋山さんくやし天に召されて

教室で再び逢うを心待ちし秋山さんくやし天上の人

皇帝ダリア

我が庭の皇帝ダリアまだ咲かず伸び伸びて宙《そら》に蕾二つ三つ

振り仰ぐ空の高処に開きたる紫ゆかし皇帝ダリア

部屋の襖鳴り止まぬなり外を吹く強風に家は閉めてあるのに

家の戸が風に高鳴る真夜中に皇帝ダリアはへし折られたり

花付けるままの太茎折り曲げて皇帝ダリアをゴミとして出す

大風で二回折れたが空高く皇帝ダリアの紫咲けり

ブルーベリーの葉が赤々とモミズルを狭庭《さにわ》に見るは妻とわれのみ

病の診断

高熱のわれは検査を尽くされて正しい病の診断を得た

点滴で薬注《そそ》ぎて細菌を殺す治療で熱下がりたり

服薬に移るを潮に願い出て退院せしが服薬続く

一年前いきなり路面に転倒し大怪我せしが生かされて在る

〈家庭内感染〉と言うが昔から風邪は一家で次々引いた

インフルエンザに罹った時の苦しさは普通の風邪の比ではなかった

九年前マイケル・ジャクソンにのめり込み高熱を発し入院せりき

餅無し正月

アメリカの巨大山火事今如何にあるのか知れず報道が無く

アオサギが狙いて嘴《はし》に挟みたる小魚光り烈しく震う

公園にトウカエデの樹仰ぎ見る細かな葉っぱが空にモミジす

ヒマラヤ杉、ラクウショウ己が葉を全て褐色に染め競うがに立つ

シンガリはカエデのモミジ全ての葉あかく染まりていつまでも持つ

入歯痛める可能性ある餅なればわが家は餅無し正月と決む

Ⅳ

二〇二二年一月～六月

具〇〇一

正月の活け花

正月の活け花に庭の千両を幾枝《いくえ》摘み取る覆い外して

新年を迎えて庭の千両の覆いを外す鳥さんお食べ

手洗いの柄杓無し鳴らす綱も無い赤塚諏訪神社のコロナ対策

国権の最高機関

トランプを支持する人等集結し乱入し議事堂は占拠されたり

審議中の議員は逃げてデモ隊の人等議場に乱入したり

現職の大統領がけし掛けて開会中の議会襲った

ウィズコロナで工夫の暮らし

ぬばたまの夜が明けぬれば今日もまたウィズコロナで工夫の暮らし

三密は回避しマスクし手洗いしやるべき、やりたい事はやるべし

全身がコロナウイルスまみれなるわれ玄関でコート、ズボン脱ぐ

手を洗い顔も洗ってうがいして肺には入れじコロナウイルス

コロナウイルス恐れ再び郵送の指導となりぬ市川教室

冬の公園

「大江戸線」地下深く行く地下鉄で運転手あまたコロナ陽性と

寅さんの柴又の老舗「川甚」が廃業決めたコロナに負けて

固く小さな蕾ようやく膨らみて白蓮は花がのぞき始めつ

桜・銀杏・欅・辛夷も裸木《らぼく》となり明るかりけり冬の公園

一〇年代の短歌

「ガルマン歌会」が先駆なりにし大学の短歌会歌会の先駆なりにし

一〇年代、「大学生短歌会」の盛期にて競い現われきあまた俊英

まだ誰も解明せざる「若き等の短歌の特色」何であろうか

短歌にとってのこの十年は何だった岡井隆の時代であった

短歌にとってのこの十年は何だった若者短歌の勃興だった

かつかつに食えればいいと腹くくり短歌にのめるきみはうたびと

ヒトわれら到底出来ぬ変革を

絶対にウイルスこわく穴倉に籠り切りなる人を責められず

不要不急の外《そと》出《で》にあらず地下鉄で向かう横浜の短歌教室

パソコンの裏蓋外し故障個所探れる人の手元注視す

支払機レジに置かれて札《さつ》を入れ、釣り取って互いの手渡しはせず

千円を入れると釣りがレシートが出て支払は機器が受け持つ

これはもう産業革命かも知れずコロナ推進の機器の進化は

自販機に並ぶボトルのどの蓋も作り同じとなっております

ヒトわれら到底出来ぬ変革を推し進めてるウイルス達が

行動範囲

野良猫に違いはないが地域猫片耳の尖少し切られてる

塀のうち狭庭なれども餌と水置いて野良猫に人は振る舞う

野良猫の行動範囲に驚けり遥か遠くの道で彼と会う

日向ぼっこに格好の石に着きたれど当分日陰なれば過ぎ行く

「梅祭り」無し

梅林の古木白加賀どれの木もヒトの都合に折り曲げられて

力士らが四股踏む如く梅林の古木〈これより三役〉の姿《なり》

梅咲けど「梅祭り」無し新型のコロナウイルスに潰されて無し

大事なカバン

日本酒を数十本空け電話ボックス、舗道に明かした友ら確かむ

辛うじてわれと長谷川わが宿に着きて明けたり宮先生は何処《どこ》に？

宮先生の大事なカバン胸に抱き米谷《こめたに》はベンチで夜を明かしたと

彼の姿を識別できる

横浜のデパ地下鮮魚売り場にて並ぶ切り身の皆旨そうで

岩手産タラの切り身をムニエルに焼けばとろけて旨しあぶら身

焼き上がりしホッケを皿に移す時身がこぼれたり新鮮ならず

真カレイの煮込めるを食ぶ北海の冷たき水に泳いでた彼

スパゲッティミートソースが美味過ぎて今日また作るミートソースを

スパゲッティのミートソースはミート＋《プラス》十数種類のモノ混ぜて煮る

棚を占め牛豚の肉並ぶけど肉見て彼等の姿は見えぬ

お魚は干物はむろん切り身でも彼の姿を識別できる

カニ、ナマコ万葉びとも食っていた万葉集に歌われている

カニの身のじつに多彩な食い方を万葉集の長歌に読みぬ

懐かしの味

山深き信州飯田の塩イカの懐かしの味今に忘れず

煮たイカの体に塩を詰め込める塩イカ今も作られている

蜂の子や焼き芋虫はよく食べた信州飯田の少年われは

鼻カゼの弟を父が背に負いて病院に行き、逝きてしまいぬ

病院の部屋のベッドに弟は動かずなりて臥して居たりき

ペニシリン・ショックで死んだ弟が白いベッドに寝かされて居た

看護婦が鼻カゼの弟《おとと》に注射してペニシリン・ショックで逝ってしまいぬ

我が姿角曲がるまで手を振って見送りし母せつなかりけん

酒に酔い遅く帰りし父上は「天下のオクムラ……」と機嫌良かりき

丁稚小僧から成り上がり一代の富を築きし父上なりき

上京し東大を出て我が活路開くべく無茶な勉強せりき

開花宣言

東京の板橋は今ハクレンの花の盛りだどこの樹見ても

ハクレンは花びら落とし花首を椿は落としシダレザクラ咲けり

お花見はまだまだ先の東京の開花宣言早過ぎないか

シダレザクラ咲き盛れども大方のソメイヨシノはまだ眠ってる

カタバミは昔ながらの和種がいい茶の葉に小さき黄の花咲けり

腸が体調示す

老いの身のバロメーターは腸にして敏感に腸が体調示す

特快がホームすれすれに過ぎ行けり猛スピードで悲鳴を上げて

虐殺

理不尽の虐殺続くミャンマーを見ているだけだキミもワタシも

恐ろしく見ていられない国軍の兵ら青年を打ち蹴り撃ちぬ

インドシナで数百万のコミュニストが虐殺された事知らなんだ

谷川由里子の歌

空気を詠む谷川由里子風船の中ではなくて外の空気詠む

掘り出された土愛おしと歌いたる谷川由里子のバックホーの歌

先端の新しいモノの名称の〈言葉〉にフェチの谷川由里子

ベニカナメモチ

ベニカナメ別名レッドロビンにて納得できぬレッドロビンは

赤くしてあちこち跳ねる葉っぱゆえレッドロビンとたれか名付けし

紅色の新葉生き生き垣を成すベニカナメモチは外来種なり

常に緑の和種カナメ垣見ずなりぬレッドロビンに取って代わられ

巨大種のチューリップ見て「オトナみたい」幼なが言うをゆくりなく聴く

東京の空

東京がふるさとなればふるさとの東京悪く言われたくないと

朝明けの東京の空真っ青だコロナウイルスが清めてくれた

そう言えば今年の冬は珍しくフッーの風邪も引かなんだオレも

もうワシら死んでもいいとマスク取り歌い踊れるヒトら出て来た
（外国のニュース）

右目の手術

目の玉を手術されつつ目の玉は手術の一部始終を見てた

小さなる三個の繭玉くっきりと見えつつ右目の手術は進む

右の目を手術されつつ目の玉は美《は》しき文様の変化《へんげ》を見てた

右の目の白内障の手術およそ十分ほどで無事に終わりぬ

献詠三首

あきんどの田村三好《みよし》は酒も売り松川町にお店構えき

ポトナムの田村三好は歌上手「赤石短歌の会」を支えき

もう体無理と知ってか田村三好 Zoom 歌会に加わらざりき

コロナ禍の世に世を去りし田村三好近親者のみの葬儀なりしと

わが書きし弔文・献歌ご子息に渡され霊前に供えられしと

「岡井隆をしのぶ会」（オンライン　六月五日 午後二時から四時）

岡井隆うたびとなればうたびとが語り視聴し進む「しのぶ会」

外からは永田和宏だけ語り岡井隆の弟子たち語る

喪主居らず親族居らず「しのぶ会」岡井の弟子ら集い語れり

コロナ禍があるいは良かったかもしれぬ「岡井隆をしのぶ会」見る

左の目玉

上半身手術着に着替えキャップして椅子に坐し左の目玉預ける

動かない動かさないと言われつつ左目玉の手術は進む

青い光のクリップ三個ピンク地に動くが見えて目は手術受く

両眼の手術を終えて〈セピア〉から〈撮りたて写真〉の景に変わった

東京の梅雨入り六月十四日我が八十五の生日なりき

V

二〇二二年七月〜十二月

一六三首

墓参すわれら

ワクチンを二度打ちたれば自粛解き墓参せんとす電車に乗って

雨の日の駅前タクシー来ざるゆえ一万歩歩き墓場に着いた

二〇〇〇円の仏花を妻は捧げたり両親と兄が眠れる墓に

ＨＰ63の黒

プリンター有れど使えずＨＰ63の黒インク無く

ビックカメラ全店に在庫ゼロと知るＨＰ63の黒買い占めか？

アマゾンに支払いたれどＨＰ63の黒配送されず

売れまくりプリンター及びそのインク品薄となるかコロナ禍の世に

二カ月間手に入らざりしＨＰ63の黒どっと出回る

ＨＰのインク無くなりもう一台プリンター買わなくて良かった

カシワバアジサイ

葉の形似てるがゆえに名がついたカシワバアジサイ房白き花

柏葉《かしわば》で包むがゆえに柏餅、桜餅なる和菓子もあるね

*

混合ダブルスの水谷・伊藤、中国のペア破り初の金メダル得つ

ボーイッシュの中国選手、日本の伊藤美誠《いとうみま》負かす接戦の末に

*

木製の古まな板を削りくるる職種あり我がネットで知った

三十分一一〇〇円で古びたる木のまな板を削ってくれた

＊

うたびとは命尽きるまで歌を詠む小沢蘆庵然り岡井隆然り

ゆらゆらと最後の一首詠み遺し翌朝《くるつあした》に蘆庵身罷《みまか》りぬ

＊

「飛び降りる際《きわ》に意識は消えるから……」隣る女性の会話耳にす

新宿駅構内人身事故ありて発車を待てり埼京線に

＊

みながみな顔の微妙な表情を演じ合う「おかえりモネ」の演者ら

サンテンイチイチ良くぞ描《えが》いた朝ドラの「おかえりモネ」は十年経って

*

白秋の「多磨」また柊二の「コスモス」は主宰率いる結社なりにき

「アララギ」は左千夫の弟子の五歌人の同人誌にて主宰は居らざりき

哀悼　平田達先生

飯田高校同窓会の先達《せんだち》の平田達《ひらたたつ》さんと永遠《とわ》の別れす

「囲碁サロン・飯田」を開きわたしらを導き賜いし平田先輩

平田達先生と金田明夫君が作りし囲碁会今日再開す

コロナ禍の以前に逝きし金田君渦中に逝きし平田先生

同窓生との 縁《えにし》 大事と囲碁会の末席に身を置かせてもらう

蜘蛛の巣

パンデミックに空取り戻す東京の青い青い空大き白雲《しらくも》

十年来絶えて見ざりし蜘蛛の巣が庭木にいくつ懸かるを見たり

わが庭に十年ぶりに戻りたる蜘蛛の巣なれば払わずに置く

蜘蛛の網《い》に懸かりし蟬の亡骸の羽そのままに二、三日過ぐ

虫集《すだ》く声がのぼり来《く》この十年狭庭に絶えし虫の音を聴く

公園の藤の古木の幹固く棚の枝葉はぎっしりと混む

空き地無くなるまで家が建つ

数十年畑であった土地が今宅地に変わる工事始まる

重機一台動けば緑の草はらがたちまち褐《あか》き地面となりぬ

住宅が要るから作るのではなく重税に土地は売らねばならぬ

なぜ次々家が建つのか都区内は空き地無くなるまで家が建つ

草取りを出来ざるわれら人工の緑の芝生庭に敷き詰む

八十代の百姓の 翁《おきな》 見晴るかす 畑《はたけ》を一人で全てやり切る

パラリンピック

上半身殊にも腕を手を使う車椅子テニス頭脳も使う

上地結衣、国枝慎吾相次いで準決勝を制す決勝へゴー

金目指し金取って顔くしゃくしゃの車椅子テニスの国枝慎吾

パラ日本代表選手国枝のゴールドメダル、レジェンドの輝《て》り

身体に障害のある芸人のパラリンピックのパフォーマンス良し

阪神ファンの端くれわれは

野手のエラーにぐぐっと来たるピッチャーの失投ならん逆転打出た

1イニング5点を取りしその翌日その打線をば完封したり

塁上の仲間を返す一本がどうしても出ぬ勝つには勝ったが

点取りのゲームであるが両チーム1点が取れずサッカーみたい

9回を今日も任されたスアレスが又0点に抑えて勝ちぬ

コテンパンに首位ヤクルトを負かしたり2位阪神のうっぷん晴らし

近隣の散歩に行かず阪神は巨人に負けて立秋今日は

プロ選手何が何でも絶対に冒されては駄目コロナウイルスに

持てる力出せない藤浪晋太郎恐怖に克って甦《よみがえ》るべし

前半戦ホームランをば打ち重ね以後失速の佐藤輝明

井の頭池をそぞろ巡りて

整理券持たざる我は動物園入《はい》れず池の巡りを歩く

水中に組まれし丸き石が皆古びし厚き水垢まとう

四本の脚をツイツイ動かして水馬《すいば》は走る水の面《おもて》を

池の面《も》を音なく走る水馬らを見下ろす我は橋にもたれて

かいぼりを繰り返し池を清めたるかいぼり隊のボランティア達

第一回かいぼりの折二百余の自転車が池に捨てられていた

かいぼりの効果歴然水中に林《りん》なす水草くっきりと見ゆ

水草の上に浮き寝のカルガモの己が　嘴《くちばし》　羽に埋めて

水草の浮き葉の尖《さき》にトンボ居て卵付けるか水色の胴

カイツブリいきなり走りつるみ飛ぶトンボの一匹を嘴《はし》に咥えつ

水中に深くくぐりて餌を追うカイツブリしばし水面《みなも》から消え

井の頭池を満たせる大量の水はどこから流入するか

井の頭池にお店はあまたあれど酒類は売らず宣言下にて

激突

旅客機がビルに激突するなんてどこから出たかその発想は

小さなる円筒の中エナジーが蓄えてある電池は凄い

勝手道具の進歩凄《すさ》まじまな板を立て置く金属の枠《わく》優れもの

轟音を伴う機器で落葉らを吹き飛ばし集め袋に収む

歌の縁

かと言って百パーセント定型の歌集があらばそれは駄目だろう

一首平均十分かけて言い合って四時間かけて批評を尽くす

検索しオクムラの講座に来たと言う縁《えにし》を想う歌の縁を

頭脳良き優れた若者次々に短歌を詠みに集まってくる

良い歌は良い若者は向こうから飛んで来るよとホムラヒロシ言いき

横尾忠則展を観て

エネルギッシュな絵ら壁飾る室室室、横尾忠則展を見巡る

集めたる滝の絵はがき飾る部屋一万三千枚を壁に、天井に

エネルギーの噴出である滝の絵の横尾忠則の一枚はどれか

集合の全員が笑うその顔を克明に描《か》く忠則の絵は

横尾忠則描《えが》く女のもも色の肌持つ女のモデルは誰か

死者の絵の中央に裸《ら》の身を伸ばす三島由紀夫の顔の親しも

右肩に首吊りの縄のようなもの描《か》き足す横尾は茶の自画像に

ヘレーネのゴッホ展

テオと二年ゴーギャンとわずか同居せし孤高のゴッホ絵に没頭す

麦畑がぐらぐら揺れてカラス飛ぶ最晩年の絵は展示せず

大作も代表作も無かりしが納得す良しヘレーネのゴッホ展

あまりにも悲しくて泣かゆこれの世を報われざりしファン・ゴッホの生

秋山郷集落

秋山郷集落の 一つ通う子が居なくなり本年は休校なりと

熱き湯の湧く石河原に沈《しず》く石皆包まれる緑の苔に

バスの中また利用の施設ことごとく対策尽くさすコロナの力

入口でビニール手袋渡されるトイレ使うにも手を使うわけで

薦《こも》囲い薦天井の露天風呂注《そそ》ぐ出で湯の身に心地良し

古泉千樫悲しも

亀戸《かめいど》の左千夫の墓に詣でたる千樫の詠みし歌ぞ身に沁む

子規、節と同じく結核で夭死せし千樫悲しもアララギを離れ

千樫の弟子橋本徳寿ら「青垣」を創刊す師の千樫の死後に

昭和二年八月千樫は病没し十一月「青垣」創刊された

昭和二年十一月創刊の「青垣」は「古泉千樫追悼号」なりき

ここは公園

キミたちがボールを打って遊ぶから公園の椅子見て通り過ぐ

キミたちがボールを蹴って遊ぶから他の人たちは利用し難い

野球ダメ、サッカーもダメ工夫して遊ぶしかないここは公園

われの昼食

十一月三日「文化の日」は晴れて井の頭公園の処々人等満つ

一本のソーセージ挟むパンなれど味に様々な工夫を凝らす

草はらに新聞敷いて腰下ろし持参のパン食うわれの昼食

水際に並び立つ二本のヒマラヤ杉見上ぐる葉群色付き初めて

金の造形

金色の葉群の巨樹は己が枝隠して秋天に金の造形

虫が付く姫りんご・みかんと二十年花咲かぬ藤を庭師に伐らす

固く曲がる胴のごと太き藤の幹、切断された幹を並べ置く

学士会落語会初参加

寄席ならぬ学士会館大広間百余名が聴くたぬし落語会

古今亭菊太楼、　桂佐ん吉が交互に聴かす四話愉《たの》しむ

佐ん吉の良く徹る声、　菊太楼の必死の話芸タンノウす我等

黒く鋭い嘴

葉は落とし赤く熟れたる柿あまた鳥たち未だ食べに来ないね

ヒヨドリか黒く鋭い嘴を熟柿に刺してうまそうに食う

ヒヨドリが柿食う様を撮らんとし又逃げられた彼等敏感

スズメらはパッと逃げるがヒヨドリもムクドリもわが気配に逃げる

「オイシイヨ、早クお食べ」という如く千両の実は剥き出しに付く

体汚れしか

芝離宮お池に泳ぐ九割がキンクロハジロ、オオバン少し

長旅で体《たい》汚れしか白からずキンクロハジロのオスたち皆が

頭茶で目玉の赤いホシハジロ一羽がキンクロの群に混じってる

六義園の広きお池の中ほどにキンクロハジロが群れつつ憩う

望遠鏡のピントが合って頭《ず》が緑、嘴《くちばし》黄なるマガモぞ彼は

浮間公園池に飛来のカモを見に今日も来ました一〇〇〇羽と記す

ボードにはシベリア飛来のカモの数八〇〇・九〇〇・一〇〇〇羽と記す

釣り上げしヘラブナを手に掴み持ち撮らせてくれたそのヘラブナを

ヘラブナを巧く釣りたる釣り人が水に返しぬそのヘラブナを

そう言えば本年オレは赤トンボ一つも見ずに秋を送った

ＡＩを作りしはヒト・人間である

ファックスにスマホ、パソコン、ズームなどツールに謝すべしうたびと我は

むかし踏切番のオジサンに比べたら今はＡＩカンペキである

ＡＩはカンペキなれどＡＩを作りしはヒト・人間である

ホームページ、ミクシィも止め今われの頼みのツールのツイッターを愛《め》ず

原稿用紙三枚ほどの内容を〈みそひともじ〉の中に収めたり

大坂泰さん長逝す

柔道家・大東大理事・「樹林」主宰大坂泰は安房の出なりき

大坂泰、竹内温のコンビにて「創作」抜けて「樹林」興しき

茂吉、佐太郎とも親しみし大坂泰〈牧水・茂吉系〉と「樹林」に記す

歌びとで松谷秀子さんただ一人大坂さんの死顔拝みき

大坂泰扶けて「樹林」終刊に力つくした松谷秀子さん

講演の依頼

東京を捨てて沼津に〈遊居〉せし玉城徹は巨きうたびと

玉城徹、岡井隆をお招きし「現評会」で究めき〈感情移入〉について

豊橋にテルして岡井隆氏に講演依頼せし遠き想い出

「受けます」と開口一番宣《のたま》いし岡井隆にわが惚れたりき

「受けます」と願いを容れる岡井氏のあの心根に惚れるぜ誰も

師走十五日

コロナ退き衆議院選の争点は〈モリ・カケ・桜〉にフォーカスすべし
〈モリ・カケ・桜〉許すまじ又大企業、富豪に高率の税を課すべし
再分配果たさなかったアベノミクス富豪の富を増やすばかりで

もはや正義が通らぬ政治・政権と成り果てにけり師走十五日

わが歌の友

歌よみも友が要ります〈孤と宴〉共に学び合う友が要ります

うた会の仲間も教室の生徒さんも共に学び合うわが歌の友

抽象とか狂とかシュール歌に一部あるのがよいと今井聡言えり

それはもうおのずから賜るものにして狙ってシュールな歌は得られず

文フリはさすがに無縁、無関係八十五歳の老歌人我に

老歌人オクムラは歌に忙しく今日また風呂に浸かるヒマは無く

論を書き又別の論の調べをし一日《ひとひ》休まず為すを得ざりき

やり過ぎと思うけれどもここはもうやらざるを得ない何が何でも

頭脳駆使こんなに疲れるものなのか家籠り文《ぶん》を根詰めて書き

仲宗角逝けり

コスモスの三重の尾鷲の歌びとの仲宗角逝けり八十九で

仲さんに呼ばれて我も寒鰤漁見に早暁の熊野灘を航けり

仲さんと家族ぐるみで夏の日の島の渚にひと日遊びき

コロナ禍の最中に暮らす

令和三年十二月下旬短研より新作十首の依頼が届く

医療従事者日々懸命のその現場テレビの像で見るのみ我は

志村けんを先駆けとして新型のコロナウイルスに逝きし人等嗚呼

眉墨は売れるであろう目の上の眉毛はマスクが隠さないから

マスクして鼻出す鼻のどの鼻もミニクイ鼻は出さぬが宜《よろ》し

令和三年師走尽日東京都感染者数七十八名

Ⅵ

二〇二二年一月〜三月

八十首

誰もが口にマスク付けてる

ワクチンの三度目の接種呼ばれたら行って受けます羊のわれは

丸二年持続し進化するなんて思わなんだぜコロナウイルス

爺ちゃんも婆ちゃんも父母《ちちはは》そしてボク誰もが口にマスク付けてる

ヒトは皆顔にマスクを付けてると生後二歳の子が認識す

日毎清まる

伊豆沼がマガン飛来の南限か関東以南に渡りみられず

和歌の世に京《みやこ》の空に飛来せしマガン今の世渡りゼロなる

不忍池に飛来の水鳥の汚れた羽は日毎清まる

不忍池に飛来のユリカモメ人馴れしてて寄れども逃げず

歌の混迷

一〇年代短歌を担い極めしは「未来」の岡井隆であった

若者の短歌が歌の史を刻む二〇年代がその時であろう

ハイテンション短歌を作りハイテンション文章を書く歌人が居ます

アクロバティックな表現を成しそれを又迎え迎えて迎えて解《と》けり

確信に近い自恃もて書き下ろす軟文体の永井祐の文

岡井なき後を埋むる歌びとが思い付かない歌の混迷

雪道を行く

気象庁予報通りに降って来てたちまち積もる雪道を行く

公園のベンチは雪が積もってて腰下ろす場所どこにもあらず

社務所には庇《ひさし》があってその下の縁に坐って降る雪見てる

長靴は滑って転ぶ恐れなく右手《めて》に傘差し雪道を行く

見次公園

国際興業の路線バス十分おきに来る「赤塚八丁目」乗り場にし待つ

湧き水の池持つ見次公園《みつぎこうえん》は巨き台地の崖下に在る

よく肥えたカルガモ四十羽、マガモ一、オオバン二羽が交じる池の面《も》

風強き大寒の空青く澄み池の釣り人いたく少なし

ネズ公にやられヘトヘト我は

白秋が思わるるなり自らを鼠の親と観じ振る舞いき

白秋は鼠の親と詠み給い自室の鼠追わず居給いき

数十年姿見ざりしネズ公が喰い千切りたりウエットティッシュを

ピンク色の米粒大の毒餌《どくえ》をば哀れネズ公喰い尽くしたり
死んだのか来れずなりしかネズ公のピンクの毒餌《どくえ》の山がそのまま
ネズ公の通える穴を塞ぐべく大工のプロの腕に任せた
ネズ公の騒動終わり桃色の毒粒《どくつぶ》捨てた、接着の板も

ネズ公はしたたかにして出没すプロの業者に頼まざるを得ず

玄関の上がり框の下奥《したおく》の穴からネズ公来るは明け方

ネズ公を我が居宅から完全に追い払うべく業者に委《ゆだ》ぬ

ネズ公はネズミ退治の業界を作り業者等を食わせています

水元公園

ヒドリガモ十数羽陸《くが》にのぼり来て枯れ葉に交じる実か啄めり

腹厚きヘラブナ嘴《はし》に摑みては呑み込まんとすカワウの狩りは

タワーマンション

首都圏にタワーマンション幾つ立つなお幾つ建つフシギに思う

三脚にスポット測光、セルフタイマー整えて待つ有明の月を

吉祥寺シアター前の椅子に坐しダイヤル電話で聴くモノガタリ

辻井伸行少年の弾くピアノ曲佐渡裕ＤＶＤで指見つつ聴く

啄木はただ書いただけ次々と頭脳《あたま》に湧き来る秋の日の歌を

泥ネギ

ひとたばの泥ネギ買って庭土を掘って寝かせるように埋めたり

色々に試してみたがガブリガブリいくらでも飲める湯冷ましの水は

尿意とは兆《きざ》すものなり水分の補給に関わらず兆すものなり

愛犬《プッキー》は体こわすとへたり込み何にも食わず食わずに治した

犬は皆ヒモ付けられて道を行く猫はヒト見てとっさに逃げる

プロ、アマの分かち

ただひたすら碁を打って居り向き合って二人一組で碁を打って居り

へたはへた下手なりに碁を楽しめり頂点目指す人等とは別に

どこからがプロと言えるかプロ、アマの分かち難し短歌も囲碁も

完璧な滑り

フィギュアのネイサン・チェンの完璧な滑り、ジャンプを見たる幸せ

フリーでのネイサン・チェンに対峙する羽生結弦のジャンプはいかに

ヒトに恐らく不可能な事やろうとし転倒したか羽生結弦は

足に器具付けて宙《そら》飛ぶ壮絶なスキー、 スノボ、 フィギュアスケート

対面インタビュー

長時間インタビューを受く蓄積とノウハウを持つ「合歓」のKさんに
コロナ禍のさなかの対面インタビュー然るべき場所で対策を尽くし
何がいったい明らかになるか見当がつかないKさんのインタビューを受けて

「戦争は悪だ」

これ以上建物、人命壊さぬよう戦争止《や》めて、止めるべきなり

我が師宮柊二先生体験を踏まえて叫ぶ「戦争は悪だ」

頂点に立ちたる人は人々の上を思って振る舞うべきだ

はらからにこれ以上犠牲出さぬよう即戦争は止めるべきなり

世界地図を見て

バルト三国、ＮＡＴＯ入りしてベラルーシ、ウクライナ中立の国であれよと

ベラルーシはロシアに呑まれウクライナはロシアに背き冷戦無惨

たたかいを止める方向に舵《かじ》を切れたたかいに加担してはならない

ウクライナ・ロシアが戦争を止めるべき交渉に望み託すしかない

日中戦争の大まかな回想

南京から武漢、重慶と逃げまくり最後は勝った蔣介石が

日本兵七十万が中国の諸都市に分散しコロシアッテタ

無惨、残酷これ見よがしに行われ戦争とはつまりそう言うものだ

この世に居ない

若き歌の友に恵まれる我なれどポン友Hが死んでしまった

共に歌始めし友の九割が死んでしまったこの世に居ない

伊藤ふく・米崎淳子富士銀行社員なりき共に歌学びせりき

観世音菩薩の如く

ハクレンはハクレンがどち呼び合うか盛りの白がおちこちに見ゆ

ハクレンは今盛りなり観世音菩薩の如く空に立ちたまう

ハクレンに比ぶれば小さき白花のコブシが咲けり遅れて咲けり

三月も下旬となりて真打のソメイヨシノは三四分咲きか

三月二十七日

都区内のソメイヨシノが一斉に咲き出して今日満開である

都区内の桜一斉に咲き盛り東京の空　紅《くれない》を帯ぶ

究極の平等を見た千鳥ヶ淵どの樹の花も満開である

胴吹きのソメイヨシノの花五つ皆開き居り花びら広げ

一斉に花咲き一斉に満開となる花ソメイヨシノ大好き

東京の空は仄《ほの》かに紅《べに》を帯ぶソメイヨシノがどこにも咲いて

三月尽日、浮間ヶ池

千羽居た水鳥のまだ四、五十が午後の水面《みなも》に寄りつつ憩う

あとがき

二〇一九年七月から二〇二二年三月までの、足掛け四年間、満三年弱の期間に詠み溜めた歌の中から選んで一集を編むことにした。

たまたま、新型コロナウイルスのパンデミックの始まりから今日に至るまでの、我が暮らしの中での詠嘆であり、おのずからコロナ禍歌集となった。

十八番目の歌集であり、五九八首を収める。

制作の一切を六花書林の宇田川寛之氏にお任せした。

真田幸治氏の手に成る装幀も今から楽しみである。

二〇二二年五月、初校を終えたる日に記す

奥村晃作

象の眼

コスモス叢書第1213篇

2022年7月22日 初版発行

著 者——奥 村 晃 作

発行者——宇田川寛之

発行所——六花書林
〒170-0005
東京都豊島区南大塚3－24－10 マリノホームズ1A
電 話 03-5949-6307
FAX 03-6912-7595

発売——開発社
〒103 0023
東京都中央区日本橋本町1－4－9 フォーラム日本橋8階
電 話 03-5205-0211
FAX 03-5205-2516

印刷——相良整版印刷

製本——仲佐製本

定価はカバーに表示してあります
ISBN978-4-910181-33-2 C0092